세상에서 제일 맛있는 라면

지은이 정 두 리

'한국문학' 신인상에 시가, 동아일보 신춘문예에 동시가 당선되었습니다. 그동안 『세상에서 제일 맛있는 라면』을 포함한 24권의 동시집과 3권의 동화집, 12권의 시집을 펴냈습니다. 초등학교 국어교과서에 여러 편의 시가 수록되었고, 방정환문학상, 가톨릭문학상, 우리나라 좋은동시문학상, 윤동주문학상, 녹색문학상 등을 받았습니다. 지금까지 시와 동시를 쓰고 있습니다. 현재 (사)새싹회 이사장을 맡고 있습니다.

그린이 노 우 혁

서양화를 전공하였으며 현재 (사)한국미술협회, 철길따라사생회 부회장, 31인작가회 회원으로 활동하고 있으며 그린 책으로는 『세상에서 제일 맛있는 라면』, 『알기쉬운 에티켓 영어 회화』, 『감춰진 여자의 마음을 간파하라』 등이 있습니다.

세상에서
제일 맛있는 라면

정두리 동시집 ｜ **노우혁** 그림

도서
출판 **답게**

산이 가까운 곳에 살고 있어요.

숲에 손이 닿을 듯 하지요.

나의 방에는 큰 유리창이 있습니다.

그 창으로 잘생긴 느티나무가 보여요.

살짝 비켜서 있는 나이든 후박나무도요.

열린 창으로 나무에 후드득 빗방울 떨어지는 소리, 비비빗 쯔윗 새

들의 노래소리가 들립니다.

새소리에 잠이 깨는 날이 있고, 가끔은 달빛 때문에 깊이 잠들지

못하기도 합니다.

그중에서 즐거운 일은, 어린이들이 숲체험을 가면서 주고받는 조

잘거림을 듣는 일이지요.

숲에 다녀온 어린이들은 무엇을 보고 느끼게 되었을까요?

살짝 궁금해집니다.

여러분과 도란도란 얘기를 나누고, 그런 다음 '세상에서 제일

맛있는 라면'을 대접하고 싶어요.

라면을 먹는 즐거움과 시를 가까이하는 기쁨이 어린이들 곁에

오래 머물러 주기를 꿈꾸어 봅니다.

2021년 늦가을, 숲마을에서

정 수 리

| 차례 |

방음벽

소리를 막느라고
높이 세운 벽

그 벽을
벽인 줄 모르는 텃새는
부딪쳐 떨어진다

작은 새에게
죽음의 벽은 널려 있다

사람은 소음을 막아야 하지만,
그 벽이 무서운 줄 모르는
작은 새를
어떻게 막아야 할까?

한 입만

정말, 그 말은
아무에게나 할 수 있는 말은
아니야

그 말은
마음 흔들리게 하는
측은한 말이기도 해

한 입만,
그 한 입으로
우린 가까운 사이라 믿지만

네 한 입과
내 한 입이
너무 크게 다르면
안 되는 거, 알지?

눈꺼풀에게

아침이면
세상에서 제일 힘센
너랑 겨룬다

밀어낼수록
무겁다
마구 짜증이 난다

눈시울, 속눈썹까지
한편인 거 알아

나는 니들과
함께 할 수 없어,
혼자 힘으로 널 이겨내고
오늘을 열어가야 하거든.

꽃비 내린다

활짝 핀 벚꽃이
하나 둘 꽃잎을 날린다

꽃자리가 촘촘해
서로 비켜주다가
그예 꽃잎은 떨어지는 것이다

호오홀
가볍게 흩날리는 꽃잎들은
꽃비가 되었다

이윽고
맨땅은 꽃비를 안았다
봄 땅이 촉촉하다.

힘내요, 아저씨

누가 봐도 알아요
마음 먹은대로
다닐 수 있으려면
달려야 하는 아저씨

하루에 찾아가는 집
400곳,
17시간 일의 무게
사람보다 물건을 기다리지만
기다림을 놓고 가는 일은

좋아요, 좋은 일이야

그래요
천천히 뛰어요
택배 아저씨.

시래기 또는 쓰레기

김장 끝내고
쓰레기로 버리지 않고
엄마는 무청을 널어 말린다

점점 누렇게 제풀에 마르는 무청
이제는 건드리기만 해도
까슬까슬 성마른 소리를 낸다

제대로 불러요
된장 시래기국, 시래기나물
식구들이 좋아하는 반찬

쓰레기가 되었을지도 모르는
이제는 대접받는 이름
무청 시래기.

길거리 음식

사람들 모두 다다닥 뛰듯이 걷는다
출근길 지하철역 입구
라면박스 위에 김밥 놓고 파는 할머니
맞은편에 모시떡 파는 아줌마
지나는 사람들의 눈치를 본다

점퍼 입은 아저씨,
은박지로 싼 김밥 한 줄 사서
후다닥 계단을 내려간다
그 아저씨 보고 할머니 조금 웃는 듯

누가 그랬지?
길거리 음식 먹지 말라고
새벽같이 일어나 싼 할머니 김밥
한 줄의 따스한 김밥 기운을
아저씨는 주머니에 넣고 간다.

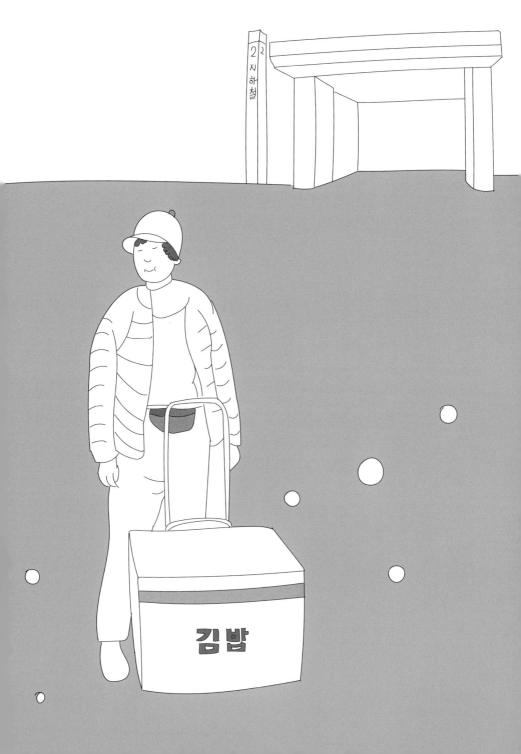

죽은 척 하기

멧돼지를 만나면
움직이지 않아야 한대
'난 지금 죽었다' 하는 거래

하는 일 멈추고
죽은 척하면
멧돼지가 속아줄까?
아니야, 지레 속는 척
하는 것인지도 몰라

재빨리 마을로 내려가
배를 채우는 일이 급해서
니들하고 실랑이하기 싫어
속아줄 것 없이
내달리는 저 멧돼지를 보면 알아.

귀가 하는 일

안경다리가 얹히고
마스크 끈이 걸린다

길고 짧은 귀걸이가
귓방울을 뚫고
담배꽁초 같은 이어폰이
귓구멍을 막는다

말을 듣고
소리를 듣는
맡은 일 말고

귀는
종일 힘든 일을
과외로 해내고 있다
정말 고마운 일이다.

울고 잔 아침

거울에 비친 나
숨길 수가 없다
눈두덩이 소복하게 부었다

'너, 라면 먹고 잤구나?'
그렇게 짐작해 줄래?
그래주면 고맙겠어

시험망치고,
내 마음 몰라주는 걔 때문에
억울하기도 해서
울고 잔 아침

왜 울었냐고
캐물어도
아직은 답하고 싶지 않아

내 마음이 그러라니까.

엄마의 어깃장

내게 했던 말
엄마는 또 한다
한 번도 잔소리 같아 지겨운데
지금, 그 말 세 번째라고
말해 버릴까?
아니야, 안 돼
엄마의 한 마디
'그래, 나 치매야!'
무서운 엄마의 어깃장.

선풍기

쉴 새 없이
줄기차게 돌아야 한다

천정과 벽의
먼지를 깨우쳐 날리고
밖에서 돌아온 식구들에게 붙은
더위와 땀을 쫓아내고

같은 방향으로
바람을 일구고 열나게 따라가는

그렇게,
여름나기에 벅찬 일을
해내고 있다.

봄이 하는 일

봄이 꽃 보따리를 풀었다
화르륵
여기저기 맨 꽃이다

이렇게 흔한 꽃도
꽃을 피우기 위해서는
많이 힘들고
애썼을 것이다

봄이 하는 일은
예쁨을 보여주는 것이다,는
사람들 생각에 맞추느라고
봄은 해마다
꽃 몸살을 한다.

멍때리기

멍때리지만,
누구도 맞지 않았다
멍도 들지 않았다

나를 비워내고
새롭게 다시 채우려면
마음속 자리를 마련해야 해

그 준비를
멍하니, 좀 나른하게
우두커니 혼자 있어 보는 것
쉽지만 쉽지 않은 일

그럴 때를
멍때리고 있다고 말하는 거야.

연막 차

우리 동네에
연막 차가 떴다

스물스물 안개구름을 피운다
코끝에 살짝 스미는 석유 냄새

붕붕 연막 소독차는
마음대로 뿌옇게 길을 막는다

아이들은 차 꽁무니를 따라가다가
안개가 걷히니 뻘쭘해 서 있다

연막 차는 안개보다
먼저 떠났다
아이들만 남고.

조마조마

겨우 일어서서
반 발짝(비틀)
한 발짝(비틀)
내딛는 아기

돌배기 아기에게는
방바닥도 벽도 모두 두렵다
잡히는 곳이
아무 데도 없다

넘어질까, 다칠까
조마조마
온 식구들
아기에게 박수치려고
기다린다.

겨울 토끼

추운 날,
토끼들이
마을에 내려왔다

귀를 쫑긋 세우고
아이들 머리를 감싸고
어떤 토끼는 무등을 타고 있다

토끼와 학교에 가도 된다,는
허락을 받았으니
아이들은 난리도 아니다

길을 가던 아이가 심심한지
토끼 발등을 꾸욱,
대답 대신 토끼는 귀를 실룩

이미 둘은 친한 친구가 되었다.

이쑤시개에게

가느다랗고 가벼운 너
그래도 네 몫은 가볍지만 않아
숟가락 놓고 나서 바로
아저씨는 주머니에 넣기도 하고
사람들은 버릇처럼 널 찾아서
잇새를 정리하지
그런 다음 절반으로 꺾어
휙 쉽게 던져버리지
버려지는 셀 수 없는 이쑤시개야,
고맙고 정말 미안해.

부탁해

누구라도
대놓고 '나쁨!' 이렇게 말하면
엄청 기분 나쁠 거야

손가락으로 가리키며
넌 '보통!' 심드렁하게 내뱉으면
마음 상하지

미세먼지, 오존주의보
공기의 질이
'매우 나쁨'이라고
꽝꽝 도장 받은 지 몇 날이 지났어

언제쯤 '좋음' '좋아짐'으로
돌아와 줄래?

가려움

앞에 걸어가는
저 아이 종아리
어젯밤 모기에게
한 방, 아니다
또 한 방 물렸구나

가려웠겠다
긁으면 더 가렵지
나도 그랬거든

흰줄숲모기 침이 찌른
분홍빛 자국
긁어서 달무리처럼 둥글게
가려움의 흔적으로 남아 있다.

반쪽

떨어진 떡갈나무 잎은 추워서
달궈진 맥반석 위
오징어는 뜨거워서
있는 대로 웅크린다
몸이 줄어들었다
반쪽이 되었다.

동그랑땡

다진 고기에 양념을 넣고
동그랗게 빚어 전을 부쳐요

기름 두른 팬에서
동그라미 동동
익혀지면서 지글지글
허밍 소리를 내요

고소한 내음
부엌에서 흘러나와
온 집안에 퍼지고

고기 완자는
이제 쉬기 위해
고만고만한 동그라미끼리
동그란 접시에 올라앉아요.

라면을 끓였다

냄비에 물을 끓인 후
라면과 스프를 넣고
봉지 뒤에 적혀있는 그대로
5분, 시계 보고 기다린다

두근두근
맛있을까!

냄비 채로 식탁에 놓고
한 젓가락 입으로 당긴다
입천장이 데지 않도록
후후 불어가면서
푸푸 김을 날리며 호로록
온 집에 냄새를 채운다

우와, 내가 끓인
세상에서 제일 맛있는
라면을 먹는다.

꽃의 다른 얼굴

웃는 얼굴만
예쁘다고 하지 마세요

이른 봄,
먼저 핀 제비꽃
소소리바람 앞에서
보라 빛 입술 파들거리며
웃고 있어요

풀 섶의 메꽃
예쁘다, 그 소리 듣고 싶어
죙일 웃느라 힘들어요

몰랐을 거예요,
차오른 눈물방울 쏟지 않으려고
오므린 입매로 웃지 못하는
꽃의 다른 얼굴이 있다는 걸.

봄동

네가 꽃이었구나
몰라봤어

붉거나 분홍이거나
나비가 기웃대거나
흠흠, 조금씩 향내를 풍겨야

꽃인 줄 알았거든

봄꽃이 피기 시작하기 전
노랑노랑 고갱이가
먼저 웃는다

활짝 핀 봄동
지금 꽃이 되었네.

만든 꽃

물기 없이 바삭한
물을 먹지 못해도
절대로 시들지 않는 꽃

향기는 기대하지 않아야 하는
만들어진
흉내 낸 꽃

'꼭 생화 같네'
이 말을 칭찬으로 들어도
우쭐거리면 안 된다

우리는,
저절로 꽃 피지 못하는
만들어진 측은한 꽃이니까.

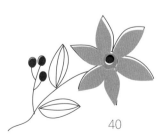

싹수 있다

비 온다
일기예보에 없는

우산이 없다
어쩔까
에잇, 뛰자!

잠깐,
가방을 머리 위로 올리고
더 빨리 달린다

가방 속의 책
비 맞을까?

이참에 생각난 거 있어!

교과서 속,
공부의 싹이
비 맞고 쏘옥 자라 줬음 좋겠다
너 싹수 있다는 말 들을 수 있게

부탁이야.

아저씨의 집

한여름 더위인데
패딩 조끼 입은 아저씨
아직도 겨울 추위
마음에서 벗어내지 못했다

짐 뭉치 풀 데 없어
옆에 끼고
등에다 지고
버거워 잠시 멈추어
벽에 기대어 앉아 쉰다

고단한 하루를
끌고 다니다가
아이고! 주저앉는 곳이
오늘 새로 정한
아저씨 집이다.

계란 프라이 먹자

가벼운 50그램
가만히 살그머니
주먹에 들어온다

아침엔 둥근 해
저녁엔 보름달이 되어
한 번도 우그러지는 일 없이

작고 예쁜 동그라미
접시에 앉아 나를 기다린다

제일 만만한 계란 음식
아니다, 완전한 음식이래
계란 프라이 먹자.

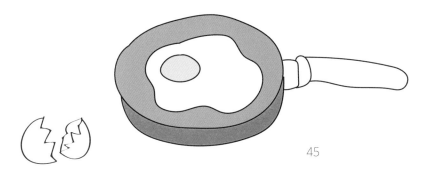

우리 엄마

엄마가,
갈치구이 가시를 바르다가
'이거 우리 엄마가 좋아했는데~'하고
잠시 젓가락을 놓는다

가만, 엄마 얼굴을 보니
눈에 눈물이 고이는 거 같다

우리 엄마,
엄마의 우리 엄마
외할머니는 얼마 전에 돌아가셨다

모두의 우리 엄마는
울먹이게 하는 이름이다

그 이름 부르면
착해지고 만다
나도 그렇게 된다.

마차 타기

발 떨지 마,
그 버릇!

나도 모르는 새
왼발 뒷꿈치 들고
달달달 흔들고 있었나 봐

엄마가 노려보며 말한다
발을 묶어 놓을 수도 없고!

아우, 엄마
발이 발발발 떨릴 때
내 머릿속은
상상의 나라로 달리고 있어요

그곳에서 전동마차를 타고
신나게 달리는 걸요
다음엔 엄마도 태워 줄게요.

고라니에게

살 곳을 찾아온 곳이
우리 동네 뒷산이었나 봐
더 이상 멀리 갈 데가
없었나보구나

강씨 할머니가,
애써 가꾼 묵정밭의 푸성귀 축낸 거
밤이면 징징 운다고
아침 내내 네 흉을 보았는데
안 들었음 좋겠어

이제 뒷산에
네가 있다는 걸
동네에서 아는 사람은 다 알아

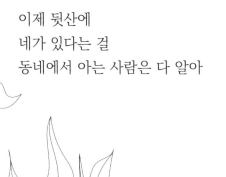

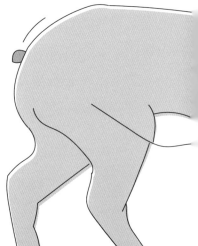

얼핏 마주쳤을 때
겁에 질린 눈으로
잽싸게 달리는 너를 보니
우리랑 같이 살자고는 못하겠어

그래도,
동네 뒷산에 온 건 환영해
우리 잘 지내자.

마스크

코를 누르고
입을 가리고
두 귀에다 고리를 걸고
눈만 남겨 두었다

갑갑해,
우리 모두

웃는 입을 못 본 지 오래야
큼큼 냄새 맡기도 어려워
얼굴에 텐트처럼
턱하니 자리 잡은 마스크

눈이 혼자서
얼굴 노릇 하긴 힘들어

그래도 어떡해?
바이러스를 들이지 않으려면
이런 일 누군가 맡아줘야지.

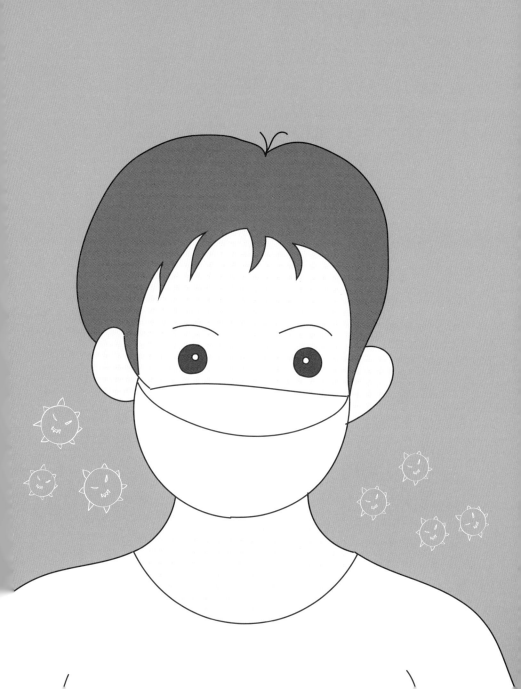

자리 찾기

정수리 중심으로
하얀 가르마
이쪽저쪽에서
검은 머리카락
열심히 올라오고 있다

지금은 노랑머리가
넓은 터를 잡았지만
그랬어도 시간문제야
이젠 얄짤없다

노랑머리 되고 싶어
잠깐 딴마음 먹었더랬어
미안해

늦지 않았다
깜장머리 자라게 해서
상한 노랑머리 밀어내고
그 자리 지킬 거야
기다려!

임대문의

동네 가게 유리문에
붙여놓은 글
꽈배기 집에도
수제 핏자 집에도
며칠 사이 같은 글이 붙었다

어둑한 가게
그쪽만 햇빛이 닿지 않은 듯
서늘한 기운이 전해 온다

가게 아줌마,
탁자와 의자까지 그대로 두었다
간판도 내리지 않았다

앞치마 벗어
탈탈 털어 접어놓고
마음이 상해서
몸만 먼저 떠나버렸나 보다.

밤꽃

이렇게 헝클어진
머리카락 같은 꽃을 보고
예쁘다고는 못하겠다

기다려 봐,
야무지고 매끈한
알밤을 보면

냄새가 어떻다고,
꽃이 이상하게 생겼다고 했던 말
금세 시침 뚝 따고
내가 한 말 아니라고 할 거야.

왜 우니?

놀이터부터
울면서 들어오는
내 동생
얼굴의 땟국물은
손등으로 부빈 흔적이다

'왜 우니, 왜 울어?'
그 말이 서러운지
입을 비쭉이며
다시 우는 얼굴이 된다

맞아, 울고 나면
뭔가 후련하지?
억울함도 흘러내리고

(동생의 말)
왜 우냐고 하지마,
나도 대놓고 우는 건 아니라고.

무늬

나는 한 가지 무늬만
만들어요

맑은 물에서
더 말갛게 보이지요

숨 가쁘게
수도 없이 무늬를 만들어 내지만
내 것으론 하나도 건지지 못해요

비 오는 날,
빗방울 무늬에는
내가 흘린 땀방울도 함께 새겨져요.

코끼리와 모기

치앙마이 자연농원에는
코끼리와 모기가 함께 살아요

기분 좋은 코끼리는
두 귀를 깃발처럼 펄럭이고
코와 꼬리를 흔들며 재롱을 피워요

방금 수박 한 덩이와
바나나를 배부르게 먹었거든요

굵은 발목과
두툼한 맨발로 느릿느릿 걷던 코끼리가
놀란 듯 두 다리를 들고 섰어요

'지금 나는 따갑고 가려워'
옆에 있는 진흙을 코로 퍼올려
등에다 발라요
코끼리 등 주름 속에 모기 한 마리
어쩌나, 모기가 코끼리 등을 물었군요

코끼리 속눈썹만도 못한 모기 한 마리가
코끼리를 일으켜 세워요
정말 뭣도 아닌 것에
커다란 코끼리가 마구 흔들리고 있어요.

59

비안네 할아버지

성당 옆 동네,
작은 집에
할머니 요양원 가시고
할아버지 혼자 산다

이른 아침,
성당 마당 먼저 쓸고
집 앞까지
댓싸리 빗자루 자국나게 깨끗이 쓴다

텃밭에 물 주고 애호박 한 개 따고
거칠한 손으로 세수하고
손가락 세워 흰 머릿결 쓰다듬고

오늘, 축담 아래 백일홍이
한꺼번에 쏟아질 듯 피었다

아, 알았다
비안네 할아버지 기도가
꽃이 되었네.

*비안네:천주교 세례명

아기 판다의 생일

아빠 아이바오, 엄마 러바오는
중국에서 한국으로 이사 온지 1601일만에
2020년 7월 20일 암컷 아기 판다를 낳았어요
어른 손바닥 크기의 아주 작은 판다
하얀 털은 조금씩 뽀소송 올라오고
두 눈에는 큼직한 검은 얼룩점이 생기겠지요
검은 얼룩점이 별로라고요?
그럼, 해그림자는 어때요?
두 눈과 귀와 다리에 판다의 표시인 그림자는
몸무게와 함께 자랄 거에요
해가 만들어 준 그림자는 판다의 매력
죽순을 잘 먹고 뒤뚱거리며 걷는 판다
사랑스럽고 기쁨을 주는 아기 판다로
자랐으면 좋겠어요
누구나 아기였어요, 판다 아기처럼요
여름둥이 판다는
뜨거운 햇빛 포대기 덮고 이제 막 잠이 들었어요.

진짜다

여태 빨간 날이 좋았다
달력에 있는 빨간 숫자
그날을 기다리는 건
당연한 일

어쩌다 검은 날에
놀거나 학교 안 갈 때는
웬 떡이냐, 신났다

그랬는데
빨간 날, 검은 날
원 플러스 원으로
아니 무진장 덤으로
자꾸 조르듯 쉬라고 한다

코로나 19가 준
방학 같잖은 방학이다

이럴 줄 몰랐다
학교가 그리울 거라곤
학교야, 보고 싶다
이건 진짜다.

차이

에어컨 튼 방에서
밖으로 나와 봐

땀 흘리다
냉방 중인 곳으로
들어가 봐

이보다
섬뜩하고 뚜렷한 차이
또 있을까?

물때

물로도 씻어내지 못하는
때가 있다

돌돌돌 소리내며 흐르다가
어느 돌 틈에 걸려
멈추게 될 때

어쩔 수 없이
물도 서서히 때를 키운다
가만히 보면
물속 때도 때라서 검다.

강력 본드와 딱풀

재빨리
순식간에 꼼짝 못하게 한다
강력 본드,
이름부터 으스댄다

딱풀은
서둘지 않고
딱 붙여줄게,
이름부터 조심스럽다.

소리개 그늘

더울 땐
그늘도 하얗게 바랜다

모두 더위를 피해갔는지
큰길이 휑하다

비키거나 움직이지 않고
따갑게 쏟아붓는 햇살

고작 양산 쓰고
손바닥으로 가리는 사람보며
햇빛은
속으로 웃었을 거다

말 안 해도
어딜 가는지 알아
소리개 그늘 찾아가는
누렁 강아지

느리고 작은 걸음 보아라.

땅콩밭

땅콩 한 두 알로도
셀 수 없이 많은 땅콩이
새끼 쳐서 우르르 뽑혀 나온다

농사는 그래서
힘들어도 짓는단다

'너거들한테 뭘 바라노?'
가끔 할머니의 실망하는 목소리

울 할머니한테
땅콩 농사 지으라고
말해 주고 싶다

'이 맛에 니들 키운다'
우리한테도
땅콩에게도 같은 말 했으면~

나는 대추야

맏물 걷이로
햇빛과 바람 닿는대로
주름지고 진하게 붉어진다

자, 그만해도 되겠다
이젠 더 쪼그라질 일 없는 얼굴
그래야 되는 거란다

지금 날 보고
마음에 들어 데려간다면
정말, 대추 알짜로 잘 고른 거지.

다래끼

'다래끼 났구나'
감출 수 없다
빨갛게 붓고
도드라진 눈꺼풀

누가 봐도
아픈 눈
확 티가 난다

'고기 먹고 싶어?'
'생선 먹어야겠네'
영양부족, 아니
깨끗하지 못해 그런 걸 수도

하룻밤 새
말이 아니다

뭘 먹어서라도
빨리 가라앉혀야지
내 얼굴이 부끄럽지 않게.

두루마리

네 칸만 써라
많이 쓰는 거 습관된다
앞으로 풀리게, 알았지?

엄마는
늘 같은 말
내가 다 외운다

'엄마아, 큰 났어!
두루마리 심지만 남았어'

화장실 문 빼꼼 열고
내 목소리가
부엌까지 달려간다
엄청 시끄러운 일이 생겼다.

달개비꽃

푸른 보랏빛
애기 손톱 만큼씩
꽃을 피웠네요

산길 오르는
언덕배기에 떼를 이루고
지들끼리
'여기가 좋아'라고
자리 잡았나 봐요

풀꽃인데,
아주 작은 꽃인데
가만히 보면
'너 참 예쁘다'고 말하게 돼요

이름도 있어요
닭볏 닮았다고
달개비꽃이라 불러요.

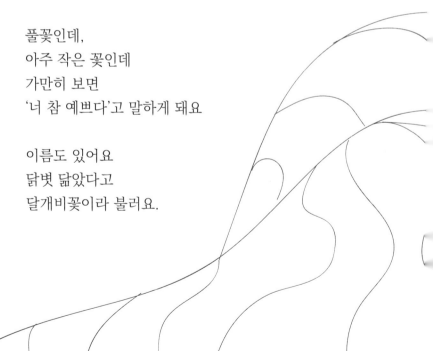

받고 싶은 선물

커다란 거
묵직한 것
자그마한 거
예쁘게 포장된 것

뭐든 선물은 좋아
날 생각하며 골랐을
네 마음은
따로 받을 거야

설레는 내 마음은
내가 너에게 보낼 선물로
미리 마련해 둘게.

욕에 대하여

웃음과 같이
나오는 말이라도
욕은 차갑다

화를 참고
욕을 삼키긴 어렵고
쏟아내고
뱉어버리기는 쉬워서일까?

욕은 힘이 아니야,
쇳조각이 들어있는
아픈 말이지

욕하지 말라는 건
듣지도 말라는 거야

바른말이 들어오지 못하게
네 마음이 욕으로 굳어질까
걱정되어서야.

공익광고

서로 손 잡아 주고
기꺼이 양보하고

웃는 얼굴
따뜻한 사람들

'이렇게 되어야 합니다'
'이젠 알겠지요?'라고
확인하며 보여준다

도와주는 착한 이웃
여러분,
우린 할 수 있어요,

공익광고협의회.

옮겼다

'하아암',
조심했지만
나오는 하품 소리

앞에 앉은 친구
덩달아 턱을 열고
크게 하품한다.
에구, 목젖까지 보인다

하품은 전염이 된다는데
'너 나하고 친한 거야?'
물어볼까, 말까

내 하품,
네가 옮겨 받았구나
어젯밤 못 잔 잠까지

우린 곧
친하게 될 거야,
하품까지 옮겨 받았으니.